LOCUS

LOCUS

LOCUS

LOCUS

Smile, please

非常壞

Aquarius X⊙著

蔡志忠⊙繪圖

Bad

Content

減去一切不必要的就成佛了

好

非常壞

Chapter 3　找自己的快樂　(*p.44*)

Chapter 4　還是繼續非常壞 （*p.68*）

Chapter 5　非常壞語錄 *(p.92)*

Chapter1　非常壞

靈活的大腦

自我控制情緒

銳利的眼睛

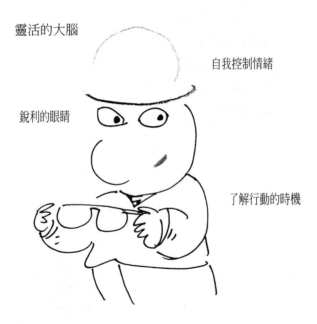

了解行動的時機

教「壞」？

從無始以來，
古聖先賢、父母師長們
都教我們要好……

現在，
我不教這個，
我要教的是『壞』！

壞，不是壞，只是與左右
的關係相剋就不好了…

倒空

如果你願意讀這本書，

或是想先看看它說的是什麼，

再決定同意不同意……

那麼，

請先倒空自己原有的觀念，

以沒有主觀立場的方式閱讀，

才可能有收穫。

就像禪宗的故事所說：

「裝滿了的杯子，倒不進新東西。」

擁有

人沒義務去擁有他不想要的東西。

如果你覺得目前不錯,對自己相當滿意,
也沒有想改變自己的意圖。

那麼,請合起這書,並忘了它。
因為這本書的目的,正是想改變你!

層次

現在，全世界共有56億7千萬人，
大部份的人，都屬於中間層，不好也不壞；
只有很少數，是屬於高層，無缺點的聖人；

另外的很少數，則是屬於最低層，
無可救藥的喪心惡徒。

這個世界上，不好
也不壞的人，還是
佔多數。

一般人所稱的壞，不是我所要說的壞，

我所要說的壞，不是一般的壞，

而是『非常壞』！

欺負弱小、結夥搶劫、

仗勢欺人、背後使小手段，

不是『壞』，是無能，是下流。

壞是什麼？

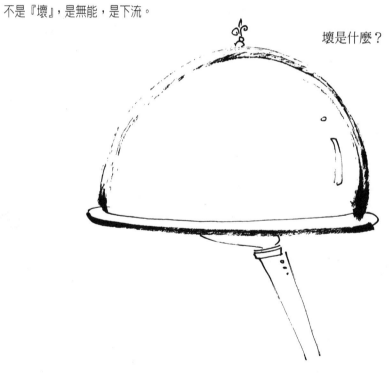

顛覆

改變社會的，從來都是由

「非常壞」的人來扮演革命、顛覆的角色。

而一般所謂的好人，

一向都是既得利益的擁護者，

扮演的也都是保守、反對的角色。

他害怕改變，就怕有了改變，利益會溜掉！

壞！壞！壞！
連三壞，再來一壞
就保送上壘了。

改造

很多人一定會問：

『這個世界已經變得很糟很壞了。

為什麼你還要鼓勵壞？』

沒錯！正因為如此，

才要鼓勵「非常壞」！

因為這世界的確變糟、變壞了，

需要有「非常壞」的人來改造！

給魚

非洲有句諺語說：

『如果你給我一條魚，

我就能飽餐一頓；

如果你教我養魚、捕魚的技術，

我就能溫飽一輩子。』

Chapter2　壞的定義

規則是用來打破的

世間是由人們互動而反應出來的，如果人們
互相疏離，則世間法則就會變淡；因為互動
密切，所以世間的法則牢固。

如果完全與世間切割分開，不與之互動往
來，這些法則對你而言就不存在。

壞，要不守規矩

人有兩種，
一種人造出問題，
另一種人解決問題。

人又有兩種，
一種人創造規矩，
而另一種人則守規矩。

通常都是由於遵守規矩的人在規矩之中，
發現了問題；
而由解決問題的人，
重新另創一個規矩，
以解決問題。

壞，要不求上進

當小蕃茄相信，只要努力、毅力、持之以恆，

便能成為西瓜與蘋果，

小蕃茄便墮落到地獄底層了。

因為，

他變得什麼都不是，

也徹底地失去了自己本身。

壞，要不當愚公

愚公移山，破壞自然，有違環保，
並且應證了一件事 —— 有恆不是成功之本，

了解自己最單純的目的，
了解時空的條件與達成目的的最精確方法，
這才是成功之KEY！

壞，要不尋求認同

不論我們做了什麼，總有一半的人不同意，

天使說是美德；

魔鬼卻認為是罪惡。

其實，我們只是我們，

我們只是做自己，

既不是天使也不是魔鬼，

管誰怎麼說！

壞，要有自知之明

我們因不自知自己的能力有限而自傲，
我們也因不自知自己能力無限而自卑。

自知讓我們知道自己的有限與無限，
因此，
巨石不自傲，
白雲不自卑。

巨石雖然實力雄厚，但它可有我
白雲凌空一秒的能力？

壞，要不刻意

雖然，美音好聽，美味好吃，美色好看。

用毅力克制自己的意願，做出與心意相反的

行為就是刻意。

可以聽，為何不聽？

可以吃，幹嘛不吃？

可以看，怎麼不看？

快把刻意拋到九霄雲外！

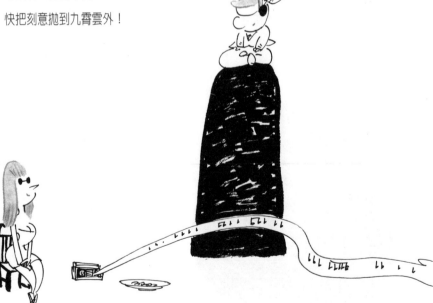

壞，要素直

素直就是回到人性最單純的原點，

不矯揉做作，

誠懇、單純、自然，

這樣就夠了！

壞，要不當一回事

別人很有錢，
而你不把他當一回事。

別人很有權勢，
而你不把他當一回事。

別人很自傲，
而你不把他當一回事。

別人很有辦法，
而你不把他當一回事。

你只把自己當一回事！

如果所有的人都能壞一點，我就比較好了！

壞，要去肯定

肯定每個人獨特的價值，

並不因為他地位的高低，或財富的多寡。

肯定一切事物的價值，

並不因為它的大、小、賤、貴或有用、無用。

別人看起來你處處唱反調，

但是你自己知道：「自己的看法才是真正看清事

物本質的看法！」

壞，要去挑戰

日本棒球投手野茂英雄，

為了攀上世界棒球的巔峰，

不惜放棄他在日本的功名和成就，

遠渡重洋到美國闖天下。

野茂最令人敬佩的不是他的勇氣，

而是他不曾迷失在既有的成功光環裡，

不曾安於金錢與名譽的現狀，

野茂明白什麼才是真正的棒球精神，

那就是『永遠向自己和命運挑戰。』

因此，

野茂才真的成就了他自己，

成為真正的『英雄』！

挑戰世界第一！

壞，就是……

ˇ 敢於反抗權威

ˇ 拒絕聽任命運的安排

ˇ 拒絕塞進不適合自己的坑洞裡

ˇ 反傳統

ˇ 自己做主

ˇ 不肯妥協

ˇ 堅持做自己

ˇ 有獨立思考能力

ˇ 敢於懷疑

ˇ 不相信未經自己證實的真理

ˇ 自在

ˇ 堅守原則

ˇ 善待自己

ˇ 不在乎別人怎麼說

∨ 敢於反抗權威

有一個虔誠的基督教徒，

對於教會禮拜時所唱的讚美詩：

「啊！天堂！啊！天堂！我們是多麼想念你！」

有諸多不滿，他認為應該改成：

「啊！天堂！啊！天堂！我們是多麼想念你！

但因我在地上開著一家店，只要我能賺點錢，

我便不想上天堂，人間畢竟令人眷戀！」

因為他覺得天堂不見得比得上人間，

真的不是每個人都想上天堂，

為什麼要跟著讚美詩歌頌天堂？

他不但提出這樣的疑問，並且還公開發表，

在1940年代，當時人們的信仰是那麼地虔誠，

民風是那樣地純樸，有人公開挑剔讚美詩，

簡直就像公然批評上帝一般，

這樣一個敢於反抗權威的「壞人」，不是別人，

他的名字叫做蒙哥馬利，是二次世界大戰期間

一位戰功彪炳的英國名將。

˅ 拒絕聽任命運的安排

貝多芬耳朵聾了，卻不認命，

還能完成舉世矚目的交響曲；

海倫凱勒看不見、聽不見，

卻學會說話，創作不輟；

愛迪生這個發明大王，一生發明無數，

（據說總共有1093件，大大小小的發明）

愛迪生也終生重聽，對於自己的重聽，

愛迪生也有一些妙喻：「因為我重聽，所以別人

也懶得和我聊天，省掉這些聊天的時間，我比別

人多了更多讀書時間，並且也更容易專心。」

∨ 拒絕塞進不適合自己的坑洞裡

德國鐵血宰相俾斯麥年輕的時候，

曾經發生過一次電鈴事件，他租了一間辦公室，

並且要求房東在辦公室內加裝電鈴，

以方便他召喚部下，節省的房東拒絕了他的請求，

俾斯麥什麼話也沒說。

當天晚上，俾斯麥的屋裡，突然傳出數聲槍響，

房東顫抖地跑到俾斯麥的房裡，

只見他慢條斯理地說：「沒電鈴，我只好用槍來召喚

我的部下！」

隔天，那房東二話不說，立刻裝上新電鈴。

˅ 反傳統

美國杜魯門總統是一位備受爭議的人物，
欣賞他的人，極力推崇他；
反對他的人，則對他大肆抨擊。
杜魯門於1934年，在黑社會老大的幫助下，
當選為密蘇里州的參議員，在參議員任內，
有一次，同時有幾十個青年寫信給杜魯門，
請求保送入西點軍校就讀，信中都附有名人
推薦函，杜魯門問助理：「誰沒推薦函？」
結果其中只有一人沒有推薦函，杜魯門仔細
地讀了他的資料，最後，這個沒有背景的年
輕人雀屏中選，如願進入西點軍校。

˅ 自己做主

在年輕一代的成功人士當中，我非常欣賞比
爾蓋茲，這位少年郎在世界知名學府念書
時，愛打撲克牌，因為人聰明，反應快，所
以打牌常贏錢，當然，他厲害的地方不止於
此，在19歲那年，他就已察覺出電腦發展的
未來面貌，所以哈佛沒畢業，就休學從商，
自己做主讓他成為世界首富。

No.1

ˇ 不肯妥協

猶太人，在一般人心目中，

都有一個既定觀念，覺得他們很小氣。

在我看來，卻覺得他們很有原則。

我的猶太朋友大衛，

他的爸爸戴夫，就是一個很典型的猶太人；

堅持原則，不屈不撓。

戴夫購買任何東西，只要超過美金十元以上，

一定會將產品保證書給收好。

他們家的金屬馬桶座，在使用了15年後，

終於壽終正寢，大衛想把馬桶座給丟掉，

卻被老爸制止，戴夫找出發黃的保証書，

立刻打電話給馬桶公司，

指著上面的20年保証期限要求換新，

幸好馬桶公司還在，並且願意更新。

就這樣大衛家不必花錢，又有了新的馬桶座。

大衛說：「當時真糗，但是，

老爸不肯妥協畢竟還是對的！」

ˇ 堅持做自己

有能力活得很自在，永遠處於自在，這就是
堅持做自己。

法國大文豪雨果，沒受過什麼教育，14歲成
為詩人，21歲成為名作家，當別人問他成功
祕訣：金錢、努力、頭腦，孰重？

雨果微笑地反問：你覺得三輪車的輪子，哪
個重要？

雨果在15歲那一年立志做文學家，一直到83
歲辭世，創作許多不朽巨著，因為他堅持做
自己，做個筆耕者，我們今天才可以看到像
《孤星淚》、《悲慘世界》這樣感人肺腑的小
說，如果他不寫詩，跑去賣豬肉，那這個世
界可能就更悲慘了。

ˇ有獨立思考能力

在記者招待會上，一群記者圍著一位先生，
請他談談對成功的看法，這位先生拿出紙筆，
在紙上寫出一個數學公式：$A = X+Y+Z$
他說 A是一般人所謂的成功，X代表工作，
Y代表遊戲……記者們緊盯著他：「請問Z代表
什麼？」這位先生做出一副欲言又止的表情，
在記者的緊追不捨下，
他說話了：「Z就是閉緊嘴巴，不要多話！」
這位先生是1921年諾貝爾物理獎的得主——
愛因斯坦先生。

˅ 敢於懷疑

漫畫家蔡志忠，有一回受朋友之託去找一位摸骨先生算命，因為朋友曾去算過，準確度太高了，朋友心中很懷疑，就拜託眼力較佳的蔡志忠前去一窺究竟。蔡志忠到了算命現場，馬上開始仔細觀察，摸骨先生輕摸兩下客人後，就不停地在一張白紙上亂寫，看來一切皆無異狀，但是輪到蔡志忠時，不知怎地，摸骨先生卻變臉丟下一句：「今天沒法算！」

事後蔡志忠轉述，大家才知道那位摸骨先生摸骨時，並未在白紙上寫下隻字片語，但是當他問來者姓名、年齡、以及家中排行時，便會以迅雷不及掩耳的方式在另一張紙上快速寫下對方的姓名、年齡、以及家中排行，再秀給顧客看，被矇在鼓裡的客人，人人都覺得真是「神準」！但是因為蔡志忠盯得太緊了，他實在無法作弊，只好放棄即將騙到荷包的鈔票！

v 不相信未經自己證實的真理

除非經過自己實驗印證的，
否則真理只是資訊，還不能稱之為真理。

有一個不是真正了解骨董的收藏家，他收藏
了1000件古物，雖然他天天把玩著這些古物
；但，真品或贗品並不會因為他天天在接觸
就能學會分辨真偽。如果有能力發現仿品，
他早就發現了，無能發現的，就算經過100
年，他也不會發現。除非他能真正改變自
己，真正去學會鑑定的技術，或者真誠地請
一位專家來替他鑑定。

ˇ自在

我的一位中國朋友非常懼怕上台，原因是太
在乎別人對他的看法，他怕別人幫他打分數
，尤其是把分數打得很低；因為在乎，每次
上台他就緊張，別人教他把台下的人，當作
石頭，他照做了，可是想歸想，他看到的卻
還是人，而不是石頭。

後來，我告訴他：你是你，只要做自己，表
現出最真的你自己就夠了，其他都不關你的
事。結果，這位朋友做到了，而且找回自在
。

ᵛ 堅守原則

奧地利的精神醫學專家佛洛伊德，二次大戰期間，他先是住在維也納，為了躲避納粹軍的迫害，他向德軍申請離開故鄉，遷往他國，德國蓋世太保應允了他的請求，但要他填寫具結書聲明：蓋世太保待他很好，並且以後也不會提出任何申訴；當然這具結書謊話連篇，但聰明的佛洛伊德不但不為所惑，還反將了一軍，因為他除了在具結書上簽名外，另外還加了一句話：本人謹以赤誠向任何人推薦蓋世太保。德軍一時失察，還非常滿意，卻不料因此被傳為笑柄。

壞就是
堅守原則

ˇ善待自己

忙時，全力以赴的忙，倒是很簡單，
無事，要能做到真正享受無事可就難。
無事時要能做到真正無事，可需要有特殊
能力才成。

古代有句諺語：『人不為己，天誅地滅。』
所有的生命們為了生存的緣故，都是利己主
義，但是對自己好雖是人的天性，要能真正
的善待自己可不是心裡想就真的辦得到的。

人，由於太容易受到外在的影響，受到別人
的影響乃至失去了善待自己的能力。人是自
虐的動物，善待自己需要有特殊的能力才
行。悟者，過的是善待自己的生活方式。凡
夫，是自己虐待了自己而不自知。

不把情緒的主權交給
別人，了解自己，如
實的扮演自己，就是
善待自己。

ˇ不在乎別人怎麼說

蕭伯納又有新的歌劇要推出了，一向以口齒犀利、反應敏捷著稱的蕭伯納特別找人送了兩張票給邱吉爾，並且還附上一張紙條：

「歡迎你和朋友一同蒞臨，如果你還有朋友的話。」

邱吉爾是何等聰明的人啊！

收到戲票和紙條後他立即回敬了一張紙條，

上面寫著：「親愛的蕭翁，謝謝你的戲票，

很抱歉，今晚有事，無法前往，

明日當邀友人一同觀賞，

如果閣下的戲還能演到明天的話。」

生活不忘常存幽默之心，
除了幽別人的默，也不要
忘了幽自己一默！

Chapter3　找自己的快樂

一個好人

幾個人在閒聊時，

有個人在提起一位不在現場的第三者說：

「他嗎？他是一個好人。」

這句話除了在說他是個善良的人之外，

其中還包含有：「這個人無害於別人，對別

人的利益沒有威脅性。」

A與B

 A是A，只是他自己！

 當A單獨被寫在成績單上，
就是最好！

 當A被安插在B與D中間時，
就變「壞」了。

同理可證，我們只是我們自己，

當我們變壞的時，

只是因為我們被擺在不正確的位置上。

好與壞沒有一定的標準，

會因時間地點而改變，

也會因周邊的關係而改變，

每個人都像B一樣，只是純淨的B，

不好也不壞，只是代表著他自己，

如果有人稱他壞，

那是因為他和周邊的關係不好，

這才變「壞」了！

B在這裡就是最好！

B被擺到這裡就壞了！

絕對不絕對

武俠小說名家金庸說：
「世間沒有絕對的好人，
也沒有絕對的壞人。
每個人都有優點和缺點，
沒有一個人是完美無缺的，
就像我筆下人物的個性，
也都不是那麼正邪分明。」

好、壞、正、邪只是一個相對的問題。從正
的之場去看，與它平行或垂直進行的運動才
是正。

但從斜的立場看來，
正的平行、垂直運動正好是歪歪斜斜……

因此，若有人說我們的行為不正，
正因為不合乎他的立場所以才會覺得斜。
衛道之士當然又會說：
「世間自然有一定的公理，
違背整體立場的行為當然是不正。」

但這也只是站在大多數人的道德、觀念、立
場去看而已，而人數多、時間所形成的道
德、觀念並不一定是真理。唯有夠勇敢、有
獨特見地的智者，才能英勇的站出來挑戰這
長久以來被多數人所相信的真理，例如哥白
尼敢於提出《天體運行論》挑戰長久以來的
教會神學和亞理斯多德的學說，以及後繼的
卡魯勒、伽利略、牛頓、愛因斯坦等人之所
以偉大，正因為他們的理論糾正了長遠以來
大多數人所相信的真理。

自棄

好，就是合乎別人的期望；
壞，就是符合自己的本性。

人，是群體的動物，
做為一個人，一生最大的困難在於如何做自
己。
到底要做為一個別人期望中的自己？
還是要做一個真正的自己？

很多人終其一生都在為這個問題猶豫……
而大多數的人，
很早便放棄了做真正自己的權利，
而選擇了做別人期望中的那個自己。

利他

把自己擺在對的地方，當然每個人都知道，
如果我們是魚，就應該要生活在水裡；
如果我們是鳥，那天空才是我們飛翔遨遊的
地方。

人要選擇合乎自己本性的地方去發展，
這樣對自己比較容易，對別人也比較有利。

尋找韻律

宇宙中所有的一切，

無論是星團、星系、銀河、太陽、月亮、地球

和所有的行星們，

都循著一定的韻律，

而地球上的一切有情、無情的生物們也是一樣

，他們也遵循著日、月、季節的節奏，

依照著遠古以來所形成的韻律生長、生活。

唯有今天的人類不同，

人到了二十世紀以後，

慢慢的脫離了自然的軌道，

過著違背自然韻律的生活⋯⋯

沒有韻律，就失去了快樂。

盲忙

影子的影子問影子說：

「剛才你行走，現在你停下來；

剛才你坐著，現在你又站起來。

你倒底有沒有自己的主見，

怎麼這樣反覆無常呢？」

影子回答說：

「沒有辦法呀，因為我依附著人，才跟隨他的

走走停停、坐坐站站，我不得不如此啊！

我所依附的人，他也被名利控制呀，

隨著名利的動向，走走停停不能自己。

而你，也依附著我，不得不隨著我跟著一齊

走走停停啊。」

名利走到那裡，他就跟到那裡，我們也只好跟著他走。

好慘呀！

名利

找尋

我們都知道鳥要在天空才快樂，
魚要在水中才自在，
但在這之前，得先要自知自己倒底是魚？
還是鳥？

每個人都應該要把自己擺在對的地方，
但在這之前得先要完全明白，
什麼是真正的自己？

如果我不自知自己是魚或是鳥？
我怎麼知道應該選擇天空或海洋？

安心

人，有兩條腿
為何會沒路可走？原因是被困住！
被時間困住、空間困住、
被環境困住、被別人困住。

人，像是困在自己有限時空的孤島上，
想像並嘗試如何遠離這個困境，是他永恆的
夢想。

如果的確無能脫離這困住雙腳的孤寂之地，
何妨將它化為寂靜的彼岸，
就地安頓且自在地過一生？

今天是我落難這
孤島第十年，偏
偏還是看不到船
的影子！

Mr.樂

「實在」在於過程，在於時間的流程；
一切都流變不居。
「實在」在於「變」，變才是真實，
於是，
他品嚐任何一片時間，
品嚐任何一片空間，
享受任何一絲變化；
沒有實在的我，
只有與時、空一定變化的「無我」。
於是就一直處在於樂，
樂於生、樂於死，
樂於一切變化中！

Mr.苦

「實在」在於本質，在於有，

一切都固定不變，追求永恆。

但，

過去與現在不同，

現在的一切又會與未來不同。

於是，往日使他感到悔恨、傷痛；

未來使他恐懼、焦慮。

於是就一直處於苦、苦、苦，

苦於生、苦於死；

苦於一切變化！

不要苦

有了快樂的目的，
便有了抵達快樂之前的痛苦過程，
於是，生命的真理便被扭曲了。

有了分別好、壞之心，
偏愛的心也就形成了。

於是，苦便產生了。

止苦

佛陀說：

「人一生所做的行為無外乎苦和苦的終止，

樂和樂的持續；除此，再也沒有別的了。」

佛陀說：

「我一生所說的，就是教人家如何止苦，

凡是一切與終止苦無關的，就不是我所說

的。」

真快樂？

我們大都了解什麼是苦，

經常有痛苦的經驗，也常常處於痛苦。

BUT，什麼是快樂？

如果我們並不真切知道「快樂是什麼？」

我們怎麼能夠正確地去追求快樂，

並且保持快樂呢？

不如己意，不順己心，當然苦。

但是，如己意，順己心，真就快樂了嗎？

不如己意，不順己心，當然苦。

快樂嗎？

每個人有不同的快樂方式，

如果我不自知自己是誰？

便不曉得什麼是我的快樂。

當人問你快樂嗎？

告訴他：「渺小的真理可以用言語來說清

楚，偉大的真理卻只能沈默。」

只要吃得飽，
我就快樂！

只要有錢賺，
我就快樂！

那些哪裡稱得上
是快樂？
為善才最快樂！

諸佛的起源

法句經說：

「愉快是諸佛的起源。」

智慧的覺悟產生自然愉快的狀態。

你快樂嗎？

在我們不自知自己是什麼之前，不可能有真

正的快樂。

找到智慧之前要先找到快樂！

找到快樂之前，先要找到自己。

做自己

一個猶太學生對猶太教的導師拉比說：

「我想成為愛因斯坦第二。」

拉比說：「做你自己！」

那個學生又說：「那麼我改變研究方向，

我想成為愛迪生第二，做一位發明家。」

拉比說：「做你自己！」

學生反問：

「有為者亦若是，為什麼我不能向偉人看齊？」

拉比說：

「如果你一心想做別人，那麼叫誰來當你？」

猶太人的導師
－－拉比

讓魚住天堂

讓魚當魚，讓鳥當鳥，這就是天堂。
讓魚當鳥，讓鳥當魚，這就是地獄。

天空是鳥的天堂，深淵是魚的樂園。
如果，魚錯把天空看成天堂，
牠就墮入地獄。

人人當努力尋找出什麼是自己，
找到之後，他便知那裡是自己的天堂樂園。

如果我們日子過得很累，
那麼，我們可能扮錯了角色，
當你不是你時，你只是在扮演別人。

自知

自己知道自己可以什麼？想要什麼？

然後再去做。

不自知自己的，

當然就不自知快樂是什麼！

飛翔是鳥的快樂，潛游是魚的快樂，

你連自己是什麼，都不自知，

當然就不知道什麼是自己快樂的方式！

你如果不自知自己是什麼？

當然就找不到自己的天堂處所。

快樂的方式

每個人有每個人快樂的方式，如果我們採用
別人的方式，只會得到短暫或少量的快樂。

在我們還沒有真正找到自己之前，
不可能有真正永恆的快樂。

我們如果不自
知自己，
這時的快樂
只是被動式或互動式的快樂，
而不是永恆持久的快樂。

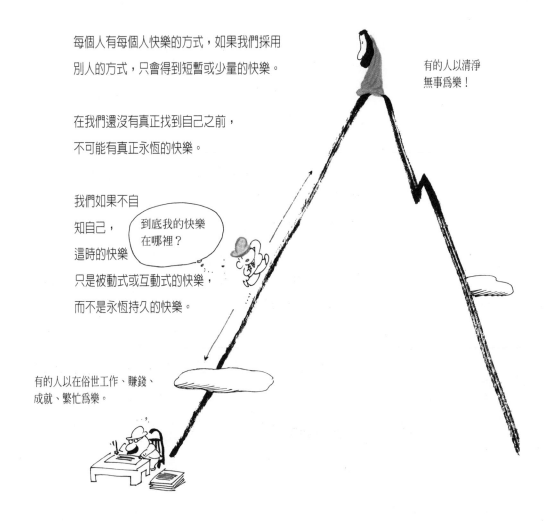

到底我的快樂
在哪裡？

有的人以清淨
無事爲樂！

有的人以在俗世工作、賺錢、
成就、繁忙爲樂。

此人、此時、此地

有個人請教禪師說：

「我想學禪，想學得人生的真諦，

我應該從那裡開始做起？」

禪師取來木條在地上畫了一條線，說道：

「就從這裡開始，譬如過去的種種死，譬如今後

的種種生。」

那人還是不懂，接著又問：

「這裡是那裡？」

禪師用木條打他的頭，

問他：「懂了沒？」

那人實在資質魯鈍，硬著頭皮說：

「還是不明白！」

禪師說：

「這裡就是此人、此時、此地！」

就從此地開始吧！

Chapter4　還是繼續非常壞

壞就是不妥協，全
力以赴地面對問
題，放馬過來吧！

果然很燙手！

都是夏娃惹的禍

人，

自從吃了智慧之果，

能分辨善、惡、好、壞，

便開始從伊甸園墮落到地獄。

人，

自從知道了成就、目的、名利的好，

便背負了這些好而受苦一輩子，

於是這些好對他而言，便成了「壞」。

不要認真

在你真正找到自己之前，
千萬不要認真、努力。

我們都是因為知道要去那裡，才開門走出去。
當我們不自知自己要去那裡時，
總要停下來想。
事情想清了之後，才邁步走向自己要去的方向！
為什麼要停下來想？邊走邊想不是一舉兩得？更
不浪費時間嗎？不是的，因為我們知道，這時侯
的努力可能是白費功夫，可能白走了，
走得愈多離開目標愈遠了。

不要認真！
不要努力！
在你還不自知自己是
誰之前，千萬不要行
動。

無限積極

找到自己之後，你更是不必認真！不必努力！

自知之後也不必認真！不必努力！
因為你已經享受而樂在其中了。
所以，你能夠「無限積極」！

喜馬拉雅山難道不高嗎？
攀登喜馬拉雅山難道很簡單嗎？
對於一個愛征服高山的爬走族，
因他樂在其中，故能不苦、不累，不需毅力。

原型可貴

一塊塑陶的原料，在不確知要燒成什麼之前，
還是先保持著原型比較好。

在你不自知自己是什麼之前，
千萬別先成為什麼！

因為當這些扮錯角色的認真、技術、資料一輸
入我們的大腦後，
一旦由短期記憶變成長期觀念，
將來就很難將它排除出去。

一塊黏土，有無限可能……

如果將這素淨黏土燒成陶瓶，它就只能永遠成為陶瓶，所有潛能蕩然無存。

拳王下棋

天下最荒謬的事，莫過於將自己最厲害的武
器收起來而採用自己最沒有能力的弱點去與
人相對。

人，是荒謬的動物
常因短期名利的誘惑而去做自己最不擅長的
工作。
善於文字者，
去做沒有經驗的投資、管理之事，
有如重量級拳王，脫去拳套，去跟別人比下
棋，「拳王」與「棋王」雖然都靠手吃飯，
雖然僅一字之差，
卻差了十萬八千里。

模式

人有兩種，

一種是合於社會體制，

一種是脫離社會體制的。

合於社會體制的人，他的一生都在社會體制
內所製訂的價值標準下開創個人的功業。
在體制中學習、成長，也按著這個體制的標
準模式奮發圖強、努力工作取得最後的成
果。

因而他們的成長、學習過程，大多也有一個
模式。

他們的成功，也都是一個類似相同的典範；
甚至他們的失敗也都有相同的模式。

生活不難

所羅門王說：

「百靈鳥沒織布工作，

但有誰穿得比他美麗？」

生命是用來歡唱的，

生活其實不難，天地自然會養育我們，

生活不難，

但要能自在的享受人生，可不簡單。

要去除過去錯誤的觀念，生活是再簡單不過

的事。令我們痛苦、焦慮不安的，哪會是一

個可以溫飽的饅頭與幾坪大的窩？

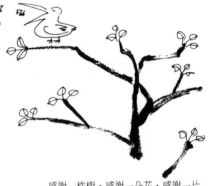

感謝一株樹，感謝一朵花，感謝一片
雲，感謝潮聲澎湃，奏著襯底音樂，
感謝百靈鳥唱合弦曲。
當你開始感謝，你就找到生命的喜
悅，也就找到了自己。

被工作

有些人，無奈地工作。

有些人，則樂於工作。

有的人完全投入工作，不眠不休；

看似在工作，其實不然，他是在享受。

一般人喜歡享受，而不喜歡工作。

他們工作只是基於生活上的無奈；

工作是為了收入，有收入才能夠生活，

養家活口。

樂工作

有的人樂在工作，

藉工作來完成自我，證明自己的能力，

也藉著工作使個人得以加入群體，

成為整體的一份子。

因此，他喜歡上班，樂於工作，

個人的欲望、理想能藉著工作完成而完成。

成為群體中優異的個體是他的目標。

我常看到很多人很樂意去工作，高高興興去

上班，充滿積極的戰鬥力。他們是幸福的

人，因為他們很幸運找到了自己能發揮才能

的工作，並且也如其所願地以他所付出的能

力得到收穫、遷昇。

別人付錢，讓你享樂，
日進斗金，高薪兼高興。

不模仿

人生，不是為了模仿。

白雪飄飄，不落別處，
每一片，都剛好落在該它的位置上，
所以，一枝草，真心迎接一點露。

學習不是為了模仿，是為了找到自己！

從前，老師要我們學古聖先賢，學孔子、岳
飛、文天祥，就是不要你學自己，
也從不鼓勵你如實地扮演自己。

每個人都有他的位置，
沒有誰該被要求扮演錯誤的角色。
讓能講的人講，讓想聽的人聽。
讓適合的人，站在適合的位置上。

提升

每個人都是一只容器，
讀書是為了讓我們更能如實知一切，
知天、知地、知時、知節、知人、知己。
讀書是為了讓我們更清明，
更了解外在的一切和自己，
使我們更接近真理。

但在大量吸收、接受一切資訊前，
得先把自己提升成一個有自主能力、
分辨能力的接受體。
否則，不分青紅皂白地一昧吸收，
到最後，這些吸收進來的各式知識，
不但不會使我們清澈，
反倒令人迷失。

肥皂劇

舊式戲劇，故事通常都循著一個固定的模式：
主角，一個好人，一生下來就處處受壓迫，
痛苦一輩子；壞人處處得意，後來經過一番艱
苦地奮鬥努力（當然也是很有毅力的忍受著痛
苦的奮發）最後，好人終於贏得勝利。

讀者和觀眾都很滿意這個早已知道的結局，
雖然一邊看，一邊罵，雖然自知受騙。

不要刻意

凡事盡量求其自然，

隨自己的心性去行為，

千萬不要刻意。

因為，刻意久了，

這個人會漸漸變成另一個人，

結果，就失去了真正的自己。

做自己最樂！

不一樣

世界上的56億7千萬人，

每個人各有其不同的條件、機運，

不會有兩個人是完全一樣的，

就算我們取身上的一個細胞去做複製人，

再造出一個與自己完全一樣基因密碼的另一個

自己，等他慢慢長大後，

也不可能跟我們完全一樣，

因為那只是肉體的條件一樣而已，

而形成一個人的成長的客觀條件不同、

機運不同、大腦的輸入軟體也不同，成長以後

也只會是看起來似乎相同的另一人而已。

我們不可能成為別人的複製品，也不可能由於

複製別人很像，而獲得真正的快樂成功。

因為，我們是我們自己，不是別人！！

戲有益

古聖先賢都教導我們要認真上進、勤勞。

日子久了，就會見到勤勞所形成的功效。

所以，要我們不要放逸，

不要把時間生命浪費在遊戲縱樂上。

但我們看到的是：沒發揮自己所長，

只是勤奮努力的人，他們每天上班、下班、加班，

得到的成果卻非常有限。

而真正在今天名利雙收的，

卻是愛玩且真正會玩的人。

玩網球、高爾夫、足球、籃球、棒球，

只要玩得精，玩得天下無雙，

肯定是名列收入最高的一群。

時代不同囉，現在世界上賺錢多、成就高的人，可不是努力工作加班的人。

遊戲玩得好的人、反倒名利雙收。

全力以赴

日本有一位很有名的畫家名叫『棟方志功』，

在他還沒有成名前，立下了很大的志願，

一心想成為——日本的梵谷。

他全力以赴，瘋狂地投入繪畫幾十年後，

發現自己無法成為日本的梵谷，

因為，他已經成為——世界的棟方志功！！

學劍

下面是我從一位中國朋友那兒聽來的故事：

有一位資質優秀的青年，到山上請求一位異

人傳授劍法，他問異人：

『師父！以一般情形我多久才能學成？』

『也許要花十年吧。』

『如果我加倍努力學習，要多久才能學成？』

『嗯！這樣的話，大概要花上三十年。』

『師父，你可能誤會我的意思了……

我不惜勞苦，一心努力奮發，就算再累，

我也可以忍受痛苦勤學劍法，這樣要多久時

間才可學成？』

『如果這樣的話，你便永遠不可能學成這

偉大的劍法了。』

劍成為身體器官的延伸，成為我的一部分。

這位資質優秀的青年一聽師父說永遠不可能學成，心中大驚，立刻反問：

『師父，你原先說十年可學成的劍法，後來又說要花三十年才成，而現在竟然說我完全不可能學成，為什麼會這樣？』

異人回答說：『學習小的技藝，奮發努力，全力以赴不怕痛苦地去學，的確能因為個人的努力而加速學成。但若是學習全天下至高技藝時，也想以認真、努力、毅力、不怕勞苦的方式去學，便永遠無法達成目標，除非你在學習中享受到過程的喜悅，乃至完全地融入所學的對象裡，這時無我、無劍，乃至無有劍法、無有敵人，直到這境界，你才有可能學成。』

快樂的融入，才可能學成絕技，用痛苦絕無可能達成。

無劍

天下最利的劍，是無劍，

無劍不是沒有劍，而是人劍合一。

天下最厲害的劍法，是沒有劍法，

遇招拆招，招招都有用處，

每一招都用得恰到好處。

天下最好的學習，是沒有學習，

因為樂於融入學習之中，

Enjoy 其中而不知苦為何物，

因而可以學到最精闢的境界。

由於樂在其中，
故不需要毅力。

人有四種

非常壞，

如實扮演自己，在快樂中取得最高的成果。

好，

每個人都可以努力去爭取比較好，再更加努力，用毅力去晉昇為更
好，但得付出真正的自己，用生命去換取別人心目中的榮譽。

壞，

不甘於無能為力，也無能於好，因此，他扮演壞角色，
小小的偷偷壞與正大光明的壞。

無能為力，

無能好，也無能於壞；因此，他始終都扮演一個角色，
就是「無能為力」。

拔萃

天下萬物，都有其相異的一面，
亦有其相同的部分。

從前，與別人相異不同的部分是缺點…
做為群體的一部分，就要除去自己與別人不
同的一面，才得以完全地融入……

而今，自己的獨特性與別人不同之處，
則變成優點。
做個人，要明顯地與別人不同，
有相異的部分，才能出類拔萃與眾不同。

音樂絕倫！

電腦超群！

最高

有人會懷疑地說：『世界已經變得這麼壞
了，為何你還要宣揚壞？』
正因為世界不夠好，所以我們才要發揚非常
壞的精神，從歷史的角度看來，一般所稱謂
的好人，都是保守主義者，也是既得利益的
保護者，他們保護著過去既得利益者的利
益，與自己的既得利益。世界變壞了時，從
來都是由真正有擔當的人挺身而出。

Chapter5 壞語錄
BAD SPEAKS

壞，不是壞事…

就是老是因為「好」，才壞了事。

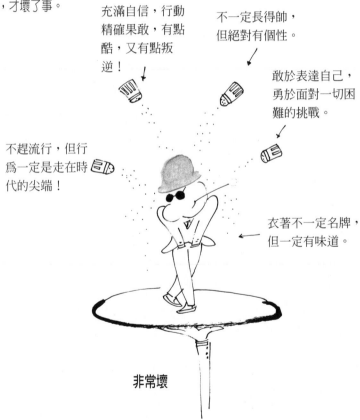

充滿自信，行動精確果敢，有點酷，又有點叛逆！

不一定長得帥，但絕對有個性。

敢於表達自己，勇於面對一切困難的挑戰。

不趕流行，但行為一定是走在時代的尖端！

衣著不一定名牌，但一定有味道。

非常壞

梁山伯與羅密歐

如果當初梁山伯有點壞，
就不會辜負了祝英台，而鬧得悲劇收場。

如果當初羅密歐與茱麗葉有點壞…
他們就私奔去幸福一輩子了，何苦自陷於兩
家的世仇而雙雙殉情？

好，的確是乖…
但可別乖成呆頭鵝。
壞的確是不乖，
但事過境遷之後，你的親人們可要
讚賞你當初的聰明抉擇。

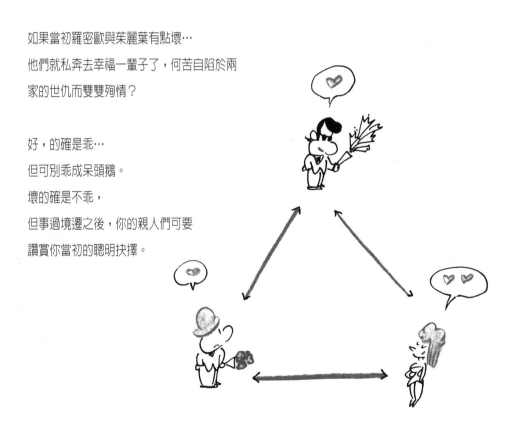

真乖與假乖

乖小孩有兩種：

一種是真正的乖，一種是受制於嚴格的家教
管制而不得不乖。

乖小孩如果是天生的乖，那麼要感謝上帝，
讓你有個不麻煩的小孩。

但，如果乖小孩只是嚴厲的家規製造出來
的，那可要小心囉！

因為，

一旦讓這個乖小孩飛離巢穴到外面去，
當機會來時，乖小孩壞起來可壞得叱吒風
雲，壞得沒有人能相信也沒人能和他比。

當然，

壞也不能像無菌室一樣的隔離。

有機會也要讓他在小的時候嚐試一下，就像
打預防針一樣，讓他有機會先會一會病毒，
才不會在某一天遇上時，一發不可收拾。

原則與風格

好人有兩種，

一種是天生生性就是好人，

一種是沒有能力做壞，所以不得不做個好人。

好，不能隨隨便便亂七八糟地好，

好要好得有原則。

壞，也不能亂七八糟的壞：

壞要壞得有風格。

假好與真壞

說謊的確像壞事,

但,你如果坦白而真實的說:

「妳看起來好老,好憔悴,好沒精神哦!」

任誰也不喜歡你的這種好法,

誰都喜歡你能勉強壞一點,

說一點表面的謊話。

誰說大家喜歡好?

不壞與好壞

「壞」正因為你厲害！
如果不厲害的話，對他人無危險性，
別人會說：「你這人還不壞！」

被你咬了一口的人，會說你好壞！
壞，正因為你能咬人你厲害；

女人說：「你好好哦！」
這句話的聲調裡帶著一絲抱怨的成分，
抱怨你太乖，乖得像呆瓜一樣。
女人說：「你好壞哦！」
這句抱怨的話裡含有偷偷的讚許。
一個乖寶寶在思考時不敢往壞處想，
他先自我設限把壞的方向統統排除。
所以他想得有限，
視覺角度也就因此出現了很多盲點。
所以，好，是一種限制。
壞，就是不被限制所屈服。

黃金比例

如果老婆也像車子一樣，

用舊了後可以花錢換一部新的，不是好得

很？同樣的，用舊了的老公亦復如此。

85％與15％之比是世界的黃金比例。

85％的錢是擁有在15％的人手裡，而85％的

人只擁有15％的錢。

85％的錢是男人賺的，

而85％的錢是女人花掉的，不信看看百貨公

司的販賣場中男女用品的比率就知道所言不

虛。

或許，你會說，男人花掉的都是大把大把的

金錢，但別忘了，男人還是較具投資概念，

男人花錢買的都是會保值、增值的東西。

成功致富又快樂

成功是對待社會最好的方式，

致富是對待家人最好的方式，

快樂是對待自己最好的方式。

萬一，

如果你既不成功，又沒致富，又不快樂。

那麼或許完全讓自己消失，

是對待所有的人的最好的方式。

不成功、沒致富雖然不利於己，但是並無害

於別人。

不快樂雖然只是自己不快樂，但不快樂像病

毒一樣，會傳染別人！因此需要隔離。

如果我們有一顆不快樂的心，

到那裡都不受歡迎。

嗚！我得了不快樂病，要趕緊和人群分離，否則會像口蹄疫一樣傳染給大家！

減少痛苦是有方法的，

如果我們不能常令自己快樂的話，

最少要做到不自我製造痛苦的產生。

把每一分鐘當做僅有的一分鐘來享用，

不要讓它無端地流逝。

更不要憎惡任何時間，希望它PASS過去。

唯有你活著，才有時間，

唯有你還有時間，才有資格談未來的希望。

人最大的問題，不是缺少觀念，

而是存在太多的錯誤觀念。

小鳥兒，你可知道我心裡有多痛苦嗎？每天每天時間都不夠用，每天每天都睡不飽，怎麼辦呢？

膽小與想像力

聰明的人，總是有點不乖，
智慧者更是常超越一般人所訂的藩籬，
翱翔於凡人所設的架構之外。

乖，代表聽話守規矩，但也代表膽小與沒有
想像力。
壞，代表不乖，不肯聽從遵循前人所訂的規
矩。但，壞也有可能因為他是超級天才，
不耐煩於沒有創意的藩籬。

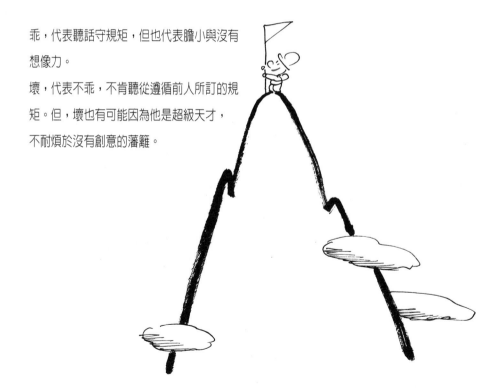

誤導與被誤導

世界上的人有兩種：一種是被誤導了的人，
另外一種是專門來誤導別人的人。

此外，真正找到自己，看清真正實相的，我
們姑且稱之為異類外星人。

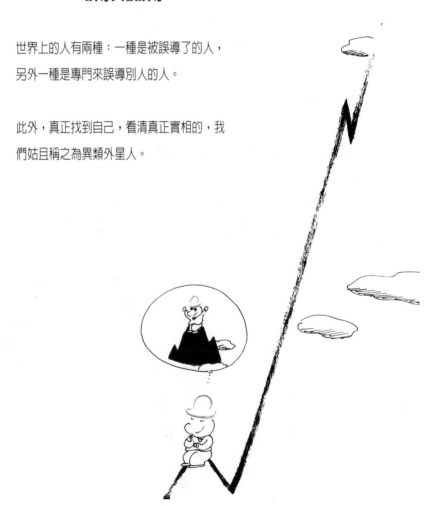

烏鴉與孔雀

如果你不做自己，那麼，叫誰來做你？

烏鴉只是烏鴉，沒有醜與漂亮的問題。

但，當一隻烏鴉到處拾取孔雀的羽毛，

往自己的身上插，這時就很醜了。

醜在於沒有自信與虛榮心作祟。

壞就是不乖，

不肯乖乖地和大家有一樣的行為和想法，

無論這個共通的行為和想法是否正確。

所以，除非你能說服我，否則我有說不的權

力。

癌與我執

一個細胞證明自己的存在，就形成了癌；

一個人向俗世證明自己，就是我執的反應。

自負與力量

謙虛是一種美德，
但謙虛也可能只是沒有能力的外在表現。
偉大的思想都出自於自負的人。

自負是一種力量，
是自我激勵的內在原動力。

由於自負，也因為要證明自負得有理，
因此自負者以行動做出成果來向世人與他自
己本人證明他真的值得自負。
如果我們由於謙虛不肯出風頭，
而因此默默地站在一旁觀望，
我們的一生也就默默的過完了。

人家阿花都考100分，而你只考98！
看看人家阿強多乖？學學人家小莉
多聰明多聽媽媽的話……

好與壞是比較出來的，
如果阿花考60分，阿強不乖、小莉不
聽話，那麼我就是功課又好、
又乖、又聽話的小孩！

結語

雖然我們教你壞，

其實還是為了你好，

希望教你做一個頂尖的人！

「非常壞」，需要換人做做看！

Ending

壞！壞！壞
連三壞，只要再來一壞
你就可以保送上壘了。

Smile, please

Smile 016

非常壞

作者：Aquarius X　　繪圖：蔡志忠

翻譯：何伊

責任編輯：韓秀玫

封面設計：何萍萍

法律顧問：全理法律事務所董安丹律師

發行人：廖立文

出版者：大塊文化出版股份有限公司

台北市117羅斯福路六段142巷20弄2-3號

電話：(02)9357190　　傳眞：(02)9356037

信箱：新店郵政16之28號信箱

讀者服務專線：080-006689

郵撥帳號：18955675

帳戶名：大塊文化出版股份有限公司

行政院新聞局局版北市業字第706號

版權所有・翻印必究

總經銷：北城圖書有限公司

地址：台北縣三重市大智路139號

電話：(02)9818089(代表號)　傳眞：(02)9883028　9813049

製版印刷：源耕印刷事業有限公司

初版 5 刷：1999年 4 月

定價：新台幣120元

ISBN 957-8468-39-3

Printed in Taiwan

國家圖書館出版品預行編目資料

非常壞/ Aquarius X 著；蔡志忠繪圖.：何伊
翻譯. ─ 出版.─ 臺北市：大塊文化，
1998〔民 87〕
面： 公分. ─ (Smile；16)
ISBN 957-8468-39-3 (平裝)

873.6   86016224

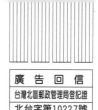

廣 告 回 信
台灣北區郵政管理局登記證
北台字第10227號

大塊文化出版股份有限公司　收

地址：＿＿＿＿市／縣＿＿＿＿鄉／鎮／市／區＿＿＿＿＿路／街＿＿＿段＿＿＿巷

弄＿＿＿號＿＿＿樓

姓名：

編號：SM016　　書名：非常壞

讀者回函卡

謝謝您購買這本書，為了加強對您的服務，請您詳細填寫本卡各欄，寄回大塊出版 (免附回郵) 即可不定期收到本公司最新的出版資訊，並享受我們提供的各種優待。

姓名：＿＿＿＿＿＿＿＿＿＿＿＿**身分證字號**：＿＿＿＿＿＿＿＿＿＿

住址：＿＿＿＿＿＿＿＿＿＿＿＿＿＿＿＿＿＿＿＿＿＿＿＿＿＿

聯絡電話：(O)＿＿＿＿＿＿＿＿＿＿＿ (H)＿＿＿＿＿＿＿＿＿＿

出生日期：＿＿＿＿年＿＿＿月＿＿＿日

學歷：1.□高中及高中以下　2.□專科與大學　3.□研究所以上

職業：1.□學生　2.□資訊業　3.□工　4.□商　5.□服務業　6.□軍警公教
7.□自由業及專業　8.□其他＿＿＿＿＿

從何處得知本書：1.□逛書店　2.□報紙廣告　3.□雜誌廣告　4.□新聞報導
5.□親友介紹　6.□公車廣告　7.□廣播節目8.□書訊　9.□廣告信函
10.□其他＿＿＿＿＿

您購買過我們那些系列的書：
1.□Touch系列　2.□Mark系列　3.□Smile系列

閱讀嗜好：
1.□財經　2.□企管　3.□心理　4.□勵志　5.□社會人文　6.□自然科學
7.□傳記　8.□音樂藝術　9.□文學　10.□保健　11.□漫畫　12.□其他＿＿＿

對我們的建議：＿＿＿＿＿＿＿＿＿＿＿＿＿＿＿＿＿＿＿＿＿

＿＿＿＿＿＿＿＿＿＿＿＿＿＿＿＿＿＿＿＿＿＿＿＿＿＿＿＿＿

＿＿＿＿＿＿＿＿＿＿＿＿＿＿＿＿＿＿＿＿＿＿＿＿＿＿＿＿＿

LOCUS

LOCUS

LOCUS

LOCUS